청어詩人選 263

강촌의 사계

김사달 시집

선별의 저 날렵한 손끝에서
과감히 구분되는 존재의 허와 실
그 앞에서 나의 시는 몽상이 되고 만다

청어

시인의 말

시가 무엇이기에 어린 소년에게 그토록 일찍이도 찾아와 고희를 넘긴 이 시간까지 나를 울리고 웃기기를 수 없이 반복하는지 알 수가 없다. 아무래도 그건 시가 갖는 비애의 속성과 내게 주어진 숙명적 우울이 제대로 궁합이 맞아 이토록 끈질기게 나와 함께 해로하는 것이 아닌가 싶다.

살아오며 보고 듣고 느낀 것이 다 시를 거쳐서 내게로 오는 것 같았다.

그렇다고 모두가 다 시가 되진 못했지만, 그들과 술래잡기하는 동안 홍안이 백발이 다 되었다. 젊어 삼십여 년 간 공직 생활을 하고 목가적 전원시인의 꿈을 이루어 보겠다고 향리에 돌아왔지만 목부도 시인도 꿈처럼 쉽지 않았다.

항상 쳇바퀴를 벗어나지 못하는 세월 속에서 여기저기 눌러앉은 사념의 편린들이 더러는 중앙과 지방의 문예지에 실리기도 했지만, 대다수는 먼지를 쓴 채 이제 어디론가 거처를 좀 옮겨야 할 때가 되지 않았느냐고 애걸복걸하는 것 같았다.

이렇듯 만시지탄을 금치 못하던 중 나의 분신 중에 그래도 어여삐 여겨지는 놈들만 골라서 세상 바람을 좀 쐬어 볼 일이라고 여기면서 날샘 작업을 거듭했다. 이제 기쁘고 홀가분한 마음으로 한 권의 시집을 엮게 됨을 자축하지 않을 수 없다.

차례

2부

3부

4부

5부

1부

경칩

놀랄 것도 없는 봄

말이 좋아 동면이지

어디 오줌지린 꿈 한 대목

꾸기라도 한 줄 아나

비몽사몽간에 화들짝 놀라 깬 봄

찌무룩한 눈으로 내다보는 지상에는

아직도 진눈개비 흩날리고

들리는 소문마다

예년의 그 발 빼는 소리

가을 일기

고추 따다 토란대 치다 후유 눕는 날더러
시로는 밥 없으니 콩 벌이가 우위란다

가장인 주제에 백수란 말은 싫어서
따른 듯 끌려간 듯 흙과 산 지 십여 년에

아직도 밭고랑엔 시가 먼저 살아서고
논두렁에 올라서면 굽은 학이 미당(未堂)을 닮았다

천상에 밥과 시는 한 상 차림이 아니지만
이제 와 어쩌나
정강이에 피가 나도 함께 가는 수밖에

농부의 손

어쩌다 농부에게 달려 와
험한 세상을 젖느냐
엉겅퀴 가시밭길도 앞장 서 달려들어
전후좌우를 판가름 내는 투사가 되었구나

무겁다고 피하지 못하고
험하다고 돌아서지 못 한
늪지대의 하늘 소!
농부의 손에는 손금이 없다
그래도 이 손으로 사랑을 하고
이손으로 별을 따 담았다

그대여!
혹 이 손잡고 울지 마라
펄 밭을 헤적여 와도 물들지 않았고
어둔 밤을 헤쳐와도 거스르지 않았다
허기져 쓰러져도 땅을 짚고 일어나
험산을 넘었다

빈 지갑을 더듬으며
나도 한 번 채우리라 주먹도 쥐었지만
생애에 단 한 번도 닿지 못 한 꿈
선 자리가 천국임을 알아가는 삶이었다

마지막 삽을 놓고 돌아온 날도
앵두 몇 알이 거친 손에 쥐어져 있었다

가을 스케치

늙은 호박 한 덩이가
수직으로 내리뻗은 한 가닥 명줄을 붙잡고
다한 생명을 애타게 구걸 한다

깡마른 혈관을 타고
심해 빛 하늘이 링거처럼 떨어지고
이 긍휼을 받아 마시고
호박씨는 꿈을 꾼다
영롱한 새봄의 꿈을

소슬바람도 숨죽여
생명을 축원하고
낮달도 잠시 멈춰
끈질긴 인연 위에 체크를 놓는다

가려움증

4학년 막내 놈과
대중탕에 다녀온 날 밤
내 등은 아들이 긁어 주고
막내 등은 아비가 긁어 준다

부자가 하나 같이
등을 바꿔 품앗이다

한 곳만 파지 말고
고루고루 긁어라
앞가슴 허리춤이야 내 손으로도 긁지만
왼손이 못 미친 곳
오른손이 안 닿는 곳
옹색한 데를 긁어라

시범을 보여 주마 돌아앉아라
목에서 어깻죽지 중 등허리 허리께로
아버지의 손자국이 세례처럼 내린다

꽃

꽃을 그냥 꽃이라고
부르지 말자
길고도 험난한 동굴을 빠져나와
봄의 자락을 붙들고 웃고 마는 저
뽀얀 미소를 아름답다고만 하지 말자
미칠 듯 간절한 그리움으로
천 미터 갱도에서 정신줄 놔버린
질식한 원한을 조국이여 그대마저
놓아선 안 된다

수천수만의 손이 밀어 올려
한 개 봉우리로 얹힌 저 꽃등을
그냥 꽃이라고 부르고 말면
질곡의 기나 긴 뒤안길에 걸린
등불에 누가 이름을 달 것인가

꽃을 그냥 꽃이라고 부르지 말자
꽃을 그냥 아름답다 하지 말자

그게 뭐 대순가

연속극에 푹 빠져
드는 남편도 모르는 아내
십여 년 전만 해도 옥신각신하겠다

그림자 사랑놀이에
웃다가 슬프다가 욕설만 퍼붓느니
쓴 소리 한마디쯤 들어 마땅하겠다만

가다가 문득 날더러 아빠라고 부르는 날이 오면
오늘은 얼마나 행복한 날일까

그러려니 그러려니
여기까지 왔는데
더러 날 못 본 체 한들 그게 뭐 대순가

가닥 잡아 드라마 볼 때
그때가 그래도 가장 행복한 시절이었어

파리

파리채를 들었다
야 이놈 봐라, 벌써 내 맘을 읽었구나
알량한 대가리를 야유처럼 굴리다가
양심의 가책인지 두 손 싹싹 빌다가
그래도 할 수 없는지
빵조각에 납작 엎드려 눈치껏 핥는다

에이 빌어먹을 후안무치여
파리채를 높이 들어 후닥닥 내리친다
아니 아니
약아빠진 파리란 놈 어느새 천정에 고고히 붙어
사는 게 다 그런 것 아니냐고
어리석게 살아온 나를
빈정대며 내려다본다

준치

별것도 아닌 것이 가시만 살벌하다
먹을 것도 변변찮은 게 애만 썩힌다
살 깊은 놈으로 사야 한다
한 마리를 사드래도 큰 놈을 사야 한다
아버지의 당부를 들으며 새벽길을 나섰지만
저잣거리를 돌다보니 하필이면 준치다

속속들이 앙심을 품은 채
기회만 노리는 놈
우물쭈물 하다가 목이 잡혔다
제 힘으로 빼보려고 안간 힘을 써보지만
용쓰면 쓸수록 무장 더 파고드는
감춰진 족쇄여

이놈 아야
내가 뭐라카드노
벽에 걸린 아버지 얼굴에
노기가 등등하다

인동초

위암 수술 받은 지
5개월이 되는 초여름
인동초 한 그루 캐다 화단에 심었다

눈 산에서 한결 더 푸르던 결기를 믿어
그렁그렁 심어 놓고 후회가 막심이다
그늘에 지내면서 소나무나 타오르게
곁눈질로 내려올 걸……

발등에 물 한바가지 부어줬다

명치에서 항문께로
월척이나 배를 가르고도
밥 잘 먹고 잠 잘 자고 똥 잘 누는 내가
대견하고 신기한 날
가만가만 걸어 나가 인동초를 바라본다

죽을 줄만 알았는데
지금쯤 사라지고 없을 푸르름일 줄 알았는데
시드는 잎 속에서 새순이 반짝 웃는다
그래 정말 인동초로구나
그래 나 또한 인동인인 것 같구나

자 이제 내 팔뚝을 타고 오르렴

입지

나의 시는 오늘도
아내의 손끝에서 명멸한다

선별의 저 날렵한 손끝에서
과감히 구분되는 존재의 허와 실
그 앞에서 나의 시는 몽상이 되고 만다

창밖에는 또 한 차례 눈이 쌓이고
백열등 방 안에서는
한해의 경중을 심판하는
아내의 손놀림이 쌓이는 눈만큼이나 신중하다

쭉정이는 쭉정이대로 알곡은 알곡대로 즉결 되는데
엉거주춤 나의 시는 오늘도 미결이다

이하(以下)

잔액 부족!
매끄럽게 밀어내는 거부의 손
냉대당한 카드를 받아 들고
언제쯤 이상이 될까

아니 언제쯤 수평이나 이룰까
기울어진 쪽으로 바짝 붙어 여기까지 오면서
이렇게 사는 거야
넘보지 말아라

단 한 번도 오르는 쪽에 서보지를 못하고
겨울 볕 쬐고 앉으니 이하가 역력하다
은행나무 밑으로 구랍은 꺼덕꺼덕 되돌아오는데
시소의 맞은편은 공중에 솟구쳐 있고
내려앉은 한 켠에 내가 앉아
엉거주춤 또 한 해를 이하로 접는다

왜 이리 슬프지 않는가

5월에도 떠나고
9월에도 갔는데
내 눈에는 어찌 이리 마른 바람이 부는가

불꽃 속에 부스러져
한 보시기 재가 되어 날려갔는데
난 어찌 이리 아무렇지도 않단 말인가

내 몸이 물에 있으면 뜨거움을 모르고
혀끝에 아픔 없으면 쓴맛도 모른다던가
쓰고도 뜨거운 사바세계에
아미타 길을 여신 석가여래여

젖을 일도 마를 일도 없다고 하셨던가
마르면 젖고 젖으면 또 마르는 것이 세속인 것을
돌고 도는 하늘 길을 누가 나서서 신호할까

저마다 신호등 하나씩 지고 가다
불현듯 빨간불 켜지면 멈춰야 하는 길

깜박이등 끄지 말고
길 끝까지 갈 일이다

어떤 아침

돌담 밑에서 오줌세례 받는
통방울 개구리 두 눈
저만치 튀었다가 되돌아 껑충 대들며
온도나 강도 면에서 해 볼만 하단다

바짝바짝 돌격자세로 다가서며
기껏 한 번 쏘아 보란다
예전에 나를 혼절시키던 위력으로
다시 한 번 깔겨보란다

히야 이것 봐라, 이젠
요놈도 날 얕잡아 보는 게냐
발길로 냅다 지르니 저만치 나가떨어져

이제는 폭력이냐고
곁눈으로 비웃는다

아버지

큰 바람 있겠느냐
등 따숩고 배곯지 않는다
집에 들면 찬바람만 웅성거리고
뜨내기 과객처럼 경로당에서 묵는다

삶이래야 받아 논 밥상
그러려니 그러려니 해도
때로는 혼자가 오한이 들어
만지작 만지작 그날을 매만지며
긴긴 밤을 지샌다

하루 쓰면 열흘만큼 좋아지는 여생을
바튼 입술로 쩝쩝이는 날
그래도 못 잊을 건 살붙이들이라
홀연히 다가와 감은 눈을 적신다

쌍암이(双岩이)

돌구멍에 손만 들어가면
바둥 바둥 참게를 잡아내던 쌍암이 내 친구
나락 밭에 참새 떼가 휘몰리면
동구머리 주막집에 애호박 서 건 참게 꿰미 추겨들고
암소처럼 웃고 서더니
울산인가 옥포라든가
조선소 밥집에 식품배달 한다면서
가을이 숙어지면 친정인양 돌아 와 실개천을 따르더니
쌍암아 내 친구야
이제는 그마저 틀린 것 같다
오늘은 수해 진 하천 벽을 복구하는 날
구멍이란 구멍은 콩쿠리로 틀어막고
물새 놀던 돌 머리 마다 포클레인이 대노한다
허리 꼬던 미꾸리 한 마리 살 수가 없고
꼬나보던 물총새 한 마리 날지를 않는다
쌍암아 내 친구야!
이제는 네가 와도 손 한번 써 볼 구멍이 없구나

그래도 방천 둑에는 할미꽃이 머리가 세었다
게 집은 문 닫히고 찔레향도 멀리 갔다만
마음 속 하늘가에 종달새 기르며 살자

시인과 청개구리

태풍 속 새벽이다
시인의 방에 든 청개구리 한 마리
"함께 가자 우리 이 길을"
김남주 시집을 뚫어지게 쏘아 본다

울기도 철 이른 것이 폭우에 쫓겨
나에게로 왔구나

눈 한번 맞춰보자! 어디

나 또한 철없어 비바람 노 맞으며
캄캄한 하늘 재껴 여기까지 왔거니

물 한 모금 내 놀 길 없다마는
조촐한 마음 상 하나 차린다

동창 밝아오고 소나기 그치거든
넌 가지 위에 올라가 불효를 외어라
잠방이 걷어올리고 난
울밑 답으로 가리니

시샘

조조 출근한
꿀벌 한 마리
목단 향에 흠뻑 취해
제 처지도 망각한 채 삼매경에 빠져 있다

사노라면
저를 놓고 빠지는 일이
한 번쯤은 있으련만

깜박 죽어도 섧지 않을 일
내 생에도 있었던가

이제라도 한 번쯤은
빠지고 싶은 심연이 있다

바짝바짝 입이 타는 시 한 줄이 있다면

수직과 수평

창고 하나 새로 짓고 시렁을 얹는다
두 가닥 수평선 위에 한 점 한 점
삶의 무게를 싣다 보니 굽어지는 수평선

무엇으로 휘어진 저 수평을 바로 잡을까
방법은 오직 하나
들보와 시렁을 잡아매는 수직 하나뿐

한 번 굽어진 길이 당초 같기야 하랴마는
더는 굽지 말라고
하늘과 땅 사이에 팽팽히 당겨 놓은
명줄 같은 수직선 한 가닥

수중 엿보기

표면 가까이는 이름 붙이기도 난감한
치어들만 몰려다닐 뿐
체면 좀 지킬 줄 아는 중층 이상은 벌써 식별이 곤란한
칙칙한 물속을 주름 잡으며
음험한 수작의 꽁지 놀음으로 살아간다
으스대던 가물치 한 마리가 눈곱만 한 미끼에 걸려
버둥거리며 끌려 간 걸 아는지 모르는지
탁류는 여전히 속에서부터 휘어 돌리고
이번엔 의상이 화려한 대어 한 마리가 안달을 치며 끌려갔다
치어란 치어는 닥치는 대로 먹어치우다가 이젠
매끄러운 천상의 선녀를 가로채려다 그만
비참하게 도마 위에서 생을 마감했다

수중에는 대개 음침한 곳일수록 대어가 놀고
낮고 환한 곳일수록 미련하고 못난 놈만 살고 있는 걸 보면
확실히 인간 세상과는 큰 차이가 난다
어디 우리네 터전에서야 가당키나 한 일인가
밝고 환한 곳에는 고관대작이 거하시며
못나고 어리석은 자를 감싸 안으며
바르고 평평한 길 내기에 불철주야가 아닌가

속수무책

오면 다행!
가면 그것 참!
우리가 할 수 있는 마지막 위로

두 손은 한낱
가랑잎 같은 것

왔다가 간 것이 언제였던가

그 바람 다시 불고
그 구름 다시 흐르고
그 비 내리고
그 풀잎 새로 피고

오면 다행
가면 허 그것 참!

생애 전환기

한창 내 술 코에는 아내가 따로 나가자더니
이순 지난 쌍 코골이에 각방거처 선언이다

이래도 사랑이란 말 적용이 되는 건가

일소처럼 살아 온 폐활량도 지쳐서
반환점을 돌아가는 아내의 뒷모습이
어머니의 자매 같다

못다 푼 이야기가 아직도 선잠인데
어둠을 톺아가서 아내 코에 귀를 댄다

마지막 가시던 밤
아버지가 청진 하시던 어머니의 숨소리

툭 터진 코골이에
발꿈치 들고 나온다

불면의 유산

시침이 채 밤길로 들지도 않아
코를 곯던 아버지
높낮이 하나 어긋나지 않고 대물림하여
자정만 비껴서면 나 혼자 날이 샌다

세상은 온통 천국에 오른 밤
후미진 내 영지에 촛불 하나 밝히고
고요의 심연을 애벌레로 기고 있다

신이 주신 아름다운 독거여!
적요의 품 안에서 나는 한 마리
성충이 된다

이제 난 턱없는 비상을 꿈꾸지 않는다
아버지가 손끝으로 빚으시던
순정한 어둠의 유산

나도 자식에게 줄 정결한 새벽 하나를
분만하고 싶을 뿐이다

봄 밤

마실 개 짖는 한밤중에

밤손님 지나는가 의아치 말게

목련꽃 소복입고 어귀에 나섰는데

무슨 수로 마실 갠들 잠 깊이 들겠는가

봄소식 님 소식에 별빛 또한 초롱한데

복숭아

복숭아를 먹어 본 사람은 안다
쪼갠다는 말이 얼마나 부당한가를
그리고 썬다는 말이 얼마나 합당한가를

애시당초 선과 악이 대나무를 쪼개듯이
참나무 장작을 패듯 어디
앞뒤가 정연하게 떨어져 나갔든가

교직의 과육처럼
얽히고설킨 채로 단맛이 들고
늘그막엔 웃음과 눈물이 범벅이 되어
마고자를 벗어들고
에덴을 찬양하지 않든가

복숭아를 먹어 본 사람은 안다
쪼갠다는 말이 얼마나 부당한가를
그리고 썬다는 말이 얼마나 합당한가를

벽

모란꽃 벽지 바르는
긴 봄날 어느 한 낮에
노랑나비 한 마리 비린 풀 냄새를 향기로 알고
길길이 좋아한다

이놈을 잡아야 한다
저를 놓친 이 우매한 놈을
손가락을 뻗쳐 들고
날개를 추격한다

동쪽 벽에 부닥치면
남쪽 벽에 ?로 붙어 있고
남쪽 벽을 들이치면
서편 벽에 V로 유유하다

이놈만 잡으면
이놈만 잡으면
급속으로 들이친다

쾅!
이마에서 피가 솟는다

벌초

예리한 칼끝에서

팔짝 뛰는 개구리 한 마리

정녕 저승까지 다녀 왔나봐

선잠 깬 두 눈을 껌벅껌벅

이리도 무서운 세태로 돌변한 줄 알았더라면

저승의 풀밭에 가만히 엎드려 있을걸

밤 단장

면도하는 시간대가 야간으로 바뀌었다
굳이 만나야 할 사람도 없으니
매동그려야 할 아침도 없고
헛발 차듯이 보낸 하루 제집으로 들고나면
만나는 사람은 나 하나뿐이다

칠십을 동행해 와도 떨떠름한 얼굴
손금으로 더듬으면 가시밭길이다
위리안치 당하는 가난 입언저리

죄 없이 살아 온 날이 멀고도 깊었든가
골골이 파인 주름을 메울 재간이 없어
어루듯이 밀어내는 칼끝에서
하얗게 무너지는 미소가 슬프다

물리치료실에서

쉰셋에 가신 어머니보다
나 훨씬 더 살아
어깨만 쑤셔도 찾아드는 물리치료실
버튼 하나면 지져주고 녹여 주고 두드려 주고
아! 다복한 시절이여

닳은 불돌로 치솟는 가슴앓이 짓누르다가
머금으면 생니도 녹아난다는 할미꽃 찜질로
죄인처럼 울부짖던 우리 어머니
한 방울 아편으로 볕발을 쪼이던 여인
아! 하늘이 기울어지던 날들

헤쳐 논 가슴 미처 다 챙기지도 못 한 채
내 손 놓고 떠나신지 어언 반백년
가슴에 양지를 놓고 간 천사여

등 하나 넘으면 막내도 고희라 합니다
모래찜질 전기마사지
발부터 머리끝까지 찌든 피로 날려주는 물리치료에서
그 세월을 더듬어 봅니다
닿을 수 없는 당신을 불러 봅니다

물밥

두 달만 지나면
3분지 2, 위 자른 지 이태가 되는 날
꼭두새벽에 나앉아 물밥을 먹는다

새벽밥 먹고 가야 할 일 없는데
적막에 홀로 앉아 수저를 든다

육식을 하세요!
아니 고기를 먹어요'?
여섯 끼로 나누라는 집도의의 부탁인데
육식(肉食)으로 반색하고 퇴원 하던 날

6식이고 8식이고 걱정 말라던 아내가
3식도 어려운 콩밭 시절이 되었다

고양이를 닮아가는 나는
발소리를 익혀가며 오늘은
6식도 시원찮아 8식까지 된밥이다

2부

산촌리 이장

겹겹으로 적막이 포개진 마을
제풀에 내려앉는 사립문을 흔들다
고샅길 돌아 논둑 길 빠져나가면
한 샘물 먹다 또아리 진 만년 초가집
나는 저승 마을 이장까지 겸임이란다

산사람 이름과 죽은 이의 이름을
연명으로 쓰고 있다

"김중열 씨 회관으로 잠깐 나오시면 고맙겠습니다"

아니 저 사람 왜 저러지?
중열이가 죽은 지가 언제인데……

무논 고르기

높은 곳을 내려서
낮은 곳을 채우는 것이
공평하게 살아가는 방책이지만
제 살을 깎지 않고
채울 수 있는 없는가
저변이 일어서야 수평이 맞을 텐데
원체가 기운 땅은 대책이 없다

높은 곳에 기대서서
퇴적물이나 받아먹고
망초 꽃 한 송이도 피우지 못한 채
안으로 안으로 미어지는 가슴이라니

천성이 약골이라 느는 것이 눈치뿐이라
한 번은 성토(盛土)하리라 읊조리는데
오호라 때는 이때다
탕평의 트랙터여

세상은 이래야 살맛이 난다
저마다 제 꽃 피워 열매를 거둬야지

달 여울

가다가 가다가 보면
사랑도 물이 되어 흐르더라

부딪치는 일 치솟는 일이 없을까마는
돌아선 듯 피하는 듯 에둘러 흐르더라

달빛이 쏴석여 뒤척이는 가슴이 없을까마는
이만큼 왔는데 여기까지 왔는데
젖은 가슴 자잘히 찢으며 그렇게 가드라

한 세월 흐르다보면
그리움도 여울이 되어 흐른다

앙금 된 얼굴들 접을 줄도 알고
잊혀져 간 노래도 가슴으로 부르며
춤사위도 배웠더라
얼싸안고 도는 법도 익혔어라

갈 곳을 예견한 듯 총총히 내려서며
그늘진 사연들도 박장대소로 바꾸누나

다람쥐

눈이 오면
가을 내내 부려먹던 첩떼기들 다 쫓고
독방에 앉아 톡톡
알밤을 즐긴다는 이야기

아내가 들여 준 알밤을 까먹으며
다람쥐의 겨울로 내가 들어간다

일하긴 싫고 배는 고프고
이 눈치 저 눈치 살피다가
놓쳐버린 한 세월은 아니었든가

고단한 손목을 내려놓고
꿈길을 헤매는 아내의 이 시간도
소리죽여 알밤을 터트리는 나의 겨울 속으로
눈 먼 다람쥐 한 마리가 폴짝 뛰어 든다

귤 세 개 우유 한 병

암수술 받고 퇴원한 날
구십 넘어 홀로 사는 후동 할매가
비닐로 싸 온 귤 세 개, 우유 한 병

껍질을 벗기다가
홀연히 만난 울 엄니 얼굴

그래, 당신은 올 수 없으니
후동 할매를 보낸 게지

고향

진달래꽃 피어서야 눈이 삭는 곳
도솔봉 깊은 골에 겨울이 익으면
아리어 돌아 나온 구구식 총소리

등짐이 죄가 되어 엮여 가던 날
달구지에 벌다 만 동공, 피 범벅으로 실려 간 길
자줏빛 감자 꽃 속에 흰 꽃도 있던 것을
어쩌자고 역사는 사내 짚신 철봉대 밑에 던져놓고
옥색 고무신 머리에 인 여인 섬진강을 건너라 했나

섬진강 나룻배는 훌쩍훌쩍 긴 세월 까치발로 일어서고
패랭이 빈 꽃대만 앞에 나서 반기누나

얼룩진 그 세월 파뿌리로 돌아온 밤
진외가 집 맏올케와 나란히 누워
횟배 앓듯 도져오는 총소리에 가슴을 쓴다

고전

삼밭에서 똥장군*을 잡았다는 소문

깊은 밤 산청댁 찾아왔다 동트자
영락없는 박쥐가 되어 삼밭으로 숨은 거지

도시락은 쫄쫄 굶는 처자에게 들여 주고
촬촬 헹군 빈 창자로 긴긴 해를 엉성하게 지고 와
정신 놓고 퍼먹던
별명도 그럴싸한 똥장군 아니냐

배가 고파 입산 했나
얄미워서 발 돌렸나

할아버지 소 몰아낸 놈도 네 놈이 아니더냐

*여순사건 때 반란군에 가담했던 한 머슴의 별명

고등어

티브이와 함께 하는 아침 밥상에
싹둑 허리 잘린 고등어 반 토막

함수와 함미로 동강 난 천안호
허리가 잘린 것이 군함뿐이랴 마는
아련한 동공으로 심해 속 어족들에게
청춘을 베풀고 있을 이 땅의 아침들아

청정한 산하를 두 쪽으로 갈라놓고
돌려 세우고 입가심 하는 세계사를 향하여
60년 묵은 토사물을 퍼붓고 싶을 때
까맣게 타버린 고등어의 동공을 잘근잘근
씹을 수밖에

살은 다 파 먹히고
접시에 남은 빗살무늬 등뼈를 보며
천년을 후들겨 맞고도 실토를 못 할
백령도 앞 바다의 파도 소리 듣는다

고적

─이명

빈혈로 운다지만
귀울음도 반갑다

아주 아주 잊지는 않았다는
금선 같은 한 가닥 소식

먼먼 곳의 그리운 사람이
불현듯이 보내 온
무선 전화벨소리

꼬막

아침 밥상 위에
간장 먹음은 꼬막 한 접시
앙다문 입술을 보니
지독히는 짜운가 보다

넘실대는 바다가 험난하다 하여도
진간장 박박 끓이는 뭍의 삶만 할까보냐
피비린 속내 안보이려 무진 애를 쓰지만
생손톱 들이대는 인정머리에
벌러덩 나자빠지는 유구한 비밀이여

질겅질겅 허기진 욕구 다 채우고 가지만
골 깊은 이마의 주름살을
눈여겨 보는 이는 극히 드물다

오늘은 개도 외면하는 고뇌를 안고
혼자 풀밭에 드러누워 바다가 그립다

겨울로 가는 길

환히도 삭막한 길에
겨울비 맨몸으로 오신다

지친 어깨
힐끔힐끔 줴박으며

삶이란 다
한기 도는 에움길이 아니더냐고

매듭져 못 푸는 일 남았거든
겨울비 스민 자드락에
낙엽으로 재우란다

몸져누워 삭아진 자리에
새로 싹은 눈뜨지 않더냐고

겨울나무

일단은 임무가 끝난 셈이다
잘잘못은 진작 가려졌고
혹 내게 무슨 잘못이 있다손 치더라도
지닌 것은 빈 바람 뿐
지나온 발자취도 뿔뿔이 흩어진 하오(下午)
흐트러진 손금을 간단없이 흔들며
날아간 새들을 불러 모은다

앙상한 손가락 사이로
내달리는 휘파람 소리
새들도 이젠 현혹되지 않는다
텅 빈 머리 위에
노래가 되지못한 아우성만 남아
긴긴 겨울, 봄을 외치다 목이 잠긴다

호상(護喪)

시든 배추포기 하나를 들고
미장원 문을 밀치든 할머니가
천만 원짜리 통장 하나를 남기고
밤사이 먼 길 가셨다

손톱 밑이 벌어져 핏물이 흘러도
발바닥이 갈라져 너덜이 되어도
로션 한 병 못 사던 여인
콩야 팥이야 봉지 봉지 꾸려서
참깨야 들깨야 올망졸망 묶어서
둘 죽고 팔남매 고루고루 보내 놓고
마루 귀에 앉아서 고양이 밥을 먹던 과수댁

눈 쌓인 고샅길을 더듬어 나와 경로당 한쪽에서
새우깡 부스러기를 오물거리던 멧골 할매
마실이면 어떻고 공청이면 어떻냐
얼어붙은 자벌레처럼 숨소리도 없더니
천만 원 짜리 통장 하나 누구를 주려다가
밤사이 훌쩍 어디로 갔단 말이냐

화장이냐 매장이냐
사위자식 아들자식 눈들이 크고
인우보증 있어야 현금을 내준다니
이장이 나서고 호상이 참견한다

개똥참외

세월이 뭉개고 간 덤불 속에서
기형아로 자랄 적에
짬짬이 내려 와 하늘이 안아주고 갔는가
오늘은 황금빛 의상으로
은장도 옆에 놓고 단죄를 기다린다
장하다 개똥참외야!
내 무슨 재간으로 너를 심판 하겠느냐
출신이야 모호하지만
구절양장 어둠을 빠져나와
쉬파리 똥파리 비아냥 속에 자라나
오늘은 눈부신 이마로 좌중을 압도한다
장하다 개똥참외야!
방향도 그윽하여 온 방이 화려하다

합의

"외할아버지는 학자이셨느니라"
자랑인 듯 말씀하시던 어머니의 짙은 눈썹
우케덕석에 호랑이 비가 와도
공맹에 심취하신 어머니의 아버지

아무래도 혼자 좋아 혼자 취한 사랑방 샌님이 아니셨나 싶다

"우리 외할아버지는 시인이란다"
뽐내며 세워드는 외손자의 엄지손가락
닭 꼬랑이만 살랑거려도 손 씻고 들어앉는
아무래도 난 돌팔이 시인인가

혼자 좋아 혼자 빠지는 나만의 세상

외할아버지와 외할아버지가 만나서
그렇게 사는 법이 아니라는 데 합의를 본다

흡사

새 한 마리
앉았다 날아간 자리
그것이 흡사하다

잠깐 동안 흔들림 뒤에
잔잔한 그 후일담이 닮았다

바람과 구름 그리고
뒷정리가 무엇 하나 다른가

흡사 그렇다

하일(夏日)

그 아인 잘 있는지?

하늘이 대노하여

산 넘고 들지나 골골마다 날뛰면서

이놈을 내놔라

이놈을 내놔라

죄인을 숨기면 그 또한 천벌을 주리라

불 칼을 휘저으며 으름장을 놓는데

그 아인 잘 있는지?

남의 집 시렁 밥을 내려먹던 그 아이는,

새엄마에게 쫓겨난 그 아이는

피안의 소나무

어둠의 옷 벗어버리고
하늘가에 나가 앉은 의연함이여
춤추어 긍정을 말하고
굽어진 등으로 삶의 무게를 실토한다
간간 휘파람을 부는 것은
산다는 것은 벅찬 감격이라고
학을 불러 머리가 휘이도록 리본을 달고
오늘은 한마당 축제
주익주억 전신으로 무도하며
산다는 건 뒤척임이야
부러지지 않을 만큼 굽혀도 주는 것
강풍에 꺾이지 않고
설한에도 지지 않음은
허심으로 살아온 흔들림 때문이야

중천(中天)

요즘 까마귀는 희작질로 운다
운명의 날을 미리 알고
곡비처럼 울어주던 검은 제복의 새가
오늘은 건성건성 시늉만 내고 간다

생명을 휴지처럼 구겨버리고
붉은 피를 징검징검 밟아가는
아! 시대의 혹한기여
아! 인정의 결빙기여

여기 하늘을 날며
무엇을 예감하랴
누구를 애도하랴

까욱 까욱 까욱
무뎌진 육감 하나로 중천을 날며
마지못해 울고 간다
반 거지로 울고 간다

입동 지나

뿌리고 가꾼 햇것들로
택배 박스가 벌름하다

해소 기침 콜록이며
서울 가리봉동 무궁화 아파트 10동 15호 김영춘 앞
010 1859 7787

"흔하고 흔해빠져도 에미 살았은깨 보내제"
아내의 주름 골에 안도가 흐른다

서걱대는 낙엽을 밟고 가서
택배 박스를 보내고 오다 먼 하늘 쳐다보니
새털구름 한 자락이 제각각 흩어진다

낙엽만 낙엽이 아니다

낙엽만 낙엽이 아니다
피가 도는 건 다 낙엽이다

갈잎의 노래만 노래가 아니다
지는 건 다 노래가 있다

살아 온 무게만큼
지니고 온 아픔만큼
숨 쉬는 것은 다 흔들리며 간다

흩어져 간 생애의 낙엽들
사각사각 밟아가는 계절의 뒷길에서
이 가슴도 불그죽죽 물이 들어
바람 앞에 준비된 낙엽이다

3부

이 가을엔

돌아가리
꼭 돌아가리
팔짱 끼고 돌아앉은 하늘 변두리
언덕진 논둑에 앉아
손을 젓는 흰머리 부부에게로

나 돌아가
거친 손 부여잡고
내내 알던 가슴앓이는
이제 말하지 않으리

눈물 떨군 술잔에 물결이 일 때
하늘가로 쏠리는 가을을 나도 한 잔 떠 마시리

섬진강 귀뚜라미

사늘히 바람결에 줄기가 생기고
줄기 끝에 송송이 은하별이 매치는 밤
이제사 한 바퀴를 너끈히 돌리고 나선 섬진강가 귀뚜라미
품앗이방 물레소리로 가을 강이 메워진다

자아도 자아도 물레는 생트집만 부리고
밤새워 감다가 풀다가
헝클리던 세마실 가락에
은빛 머리카락도 따라서 감기더니
난마의 실 가닥은 끝내 풀지 못하고
별이 되신 어머니

내킨 대로 불러보고
막무가내로 외쳐도
금선으로 어우러지는 실솔의 합주처럼
마구잡이 울어대면 모정에 시린 그 밤이
내게도 정녕 다시 돌아오려나

서열

앞다퉈 오르던 길
하나같이 내리막길일세

헐레벌떡 뛸 적에는
선후도 없더니
풀린 다리 하산길엔
서열이 확연하다

이 길 저 길
세상은 난마 같은 길이지만
내려서 가는 길은 외가닥 오솔길

바람 자는 이 길로 들기까지는
이빨이 듬성듬성 빠져야 한다네

아이를 보며

세 살배기 손자를 보며

어느 봄날을 지날 적에

마구잡이 흔틀어 놓는 해찰이 성가셔

엉덩이에 닿는 손이 매웠던가 보다

머루알 눈망울에서 옥으로 솟는 방울방울

진주 같은 사랑이야

혀 위에 올려놓고 굴리고 싶은

잘못 알고 떨어뜨린

천사의 보석

빈 나무가 되어

남은 잎새 다 떨어지고
저물녘 기인 보도 위
봄은 아직 성큼 다가설 수 없는
안 쓰린 몸부림

촛불 하나 들리워
허허벌판으로 밀어낸
아비의 등이 시려오는 밤

헐벗은 가장자리에
두고두고 머무를 수 없는
숙명이 외진 잎새라지만
빈 나무는 구부정히 돌아 서 운다

어지러이 달빛 흩어진 골목길을 돌아 와
별빛 쫓아 너 밤새 기도 드릴 때
해묵은 이 나무는 간절히 간절히
고갯짓 하는 일 하나뿐이다

인문학 기초

한바탕 소나기 지나가고
일군의 개미떼가 죽은 개미를 끌고 가느라
울력에 진땀이다

발인제 이틀 전 날
한 팀의 알바생들이 영안실에 모여서
시신을 염하느라 비지땀을 흘린다

비빔밥

풋고추 중중, 열무김치 드문 썰어
고추장 듬뿍 넣고
두서없이 착착 돌려서 비빌 때
매미 울음도 함께 돌고
늙은이 기침소리도 섞어서 돈다

"비비기는 비비되
 흰밥을 남겨두소!"

그림에 여백인 듯
청 하늘에 구름 인 듯
비빔밥에 흰 밥을 남기라는
촌장님 말씀

69세

앞으로 서나 뒤로 서나 69다
육구(肉灸)는 사전적으로
뜸이라고 하는데
뜸질이라도 꾸준히 하다보면
왼쪽이 바로 서서 99 팔팔 하려나
아무리 기를 써 봐도 66(늙늙)해진 새벽녘
한 발짝만 떼 며는 70이라니
무참당한 고희가 앞서거니 뒤서거니
화들짝 쑥뜸에 놀라 9988 염원하며
허세라도 한바탕 어깨춤을 출거나
하다보면 누가 아나
회춘도 있다는데, 꽃이 다시 피려는지

천문산에서

와 와 와 하고 말 것이 아닌 것은
천길 벼랑 끝에서 말똥거리는 한 마리
도마뱀의 눈빛 때문이다

왜 신은
이곳에 수리수리한 절벽과
한 마리 도마뱀을 같이 있게 하였는가

장엄과 절경과 신기 도는 청잣빛 안개
이것만으론 시가 될 수 없어 기어이
도마뱀 한 마리를 이곳에 오르게 한 것이다

그리하여 날마다 떨리는 가슴으로
시를 적으라 한 것이다
시란 원래 없는 것들의 구원이라
절경의 모서리마다 매달아 논 이름들이
다 도마뱀 한 마리가 돌면서 붙여 논 시구(詩句)들이다

땅콩을 까며

밖에는 영하의 바람이 웅성대지만
덧문 속 알전등 밑은 달맞이꽃 색이다
8자형으로 마주 앉은 조강지처와
8자형으로 생겨먹은 땅콩을 깐다
음지 양지 다 겪은 놈이라 어찌나 영악한지
어금니를 다그치고 깨부순 터에
급소만 살짝살짝 눌러주면
가진 것 다 내놓지 않느냐고
시범을 보여주는 아내를 본다

급소를 알아버린 아내가 두려워
헛 들은 척 따라하며, 이것도 밥 먹는 지혜로고!
엄지와 검지로 8자의 정수리마다 짚어나간다
두 알씩 더러는 한 알씩 알맹이가 쌓여가고
어쩌다 깜부기도 있지마는
이만한 세월에 허방인들 없겠냐며
베자루에 불룩이 세월을 담는다

따분한 날의 자물통

턱없이 따분한 날이라 하여도
나 그렇게 호락호락 허락하지 않는다
뭇 놈들의 통정은 무시로 안달이지만
적어도 내게는 어림없는 일이다
엉터리의 성기를 꽂아 너 가끔
오르가즘에 닿는다 하여도
그것은 온전한 쾌감이 아니라
한쪽이 떨어져 나가는 통증일 게다
혹 아픔을 쾌감으로 착각하고 사는지는 몰라도
에너지 소모다
최소한 내가 한쪽 다리만이라도 들어 줄 때
그때 너는 진정한 쾌감을 맛봐야 한다
앙가슴 탁 꽂히는 인연이라면
두 다리 몽땅 뽑아 줄 것이다

둥지 1

새는 가난해도 추하지 않다

금침을 깐다한들

골반이 열리지 않아

풀잎을 깔고서야 새끼를 친다

보고들은 것이 청빈이라

아슬한 하늘가에

잔가지로 벽 맞추고

바람을 이불 삼아 눌 자리 보는 곳에

별빛도 영롱하고

바람 한 결 쇄락하다오

시도 한 오라기씩 풀릴 듯 하구요

동거

늙은 감나무 위에서
까 까 까 문안인사 하는 까마귀가
문득 가족이라는 생각이 드는 날

돌아보니 고희도 시들한 나이
새까만 저놈 따라 간 친구가 몇이던가
이젠 내 일까지 환히 본다는 듯
능청을 떠는 것이 비위는 좀 상하지만

십 중에 예닐곱은 꿰차는 녀석을
내몰 수도 없는 처지라
후한 무슨 대접이야 하겠냐만
퉤퉤 내쫓지는 못 하겠다

닭다리 하나

꼭꼭 씹어 먹어라!

어머니 그 말씀
허투루 알고 지나 온 칠십 년 세월
닭다리 하나를 놓고
군 감자 건드리는 강아지마냥
손끝으로 슬쩍슬쩍 건드리고 있다

무쇠라도 녹일 듯한 그 여름은 다 어디로 가고
닭다리 하나도 망설이는 상강(霜降)이란 말인가

체할라
꼭꼭 씹어 먹어라

별자리의 울 어머니
눈만 깜박 깜박
밤이 깊어도 잠 못 드신다

눈 오는 마을

세라젬 의료기가 들어오고
덤으로 따라온 돌팔이 양침쟁이
불콰해진 아낙들로 경로당이 메어지다

안 아픈 어깨가 없고
성한 무릎이 없어
알 수 없는 침쟁이가 오늘은 터주 같다

좌중은 칠팔 할이 혼자 사는 이
사변에 죽고 막소주에 무너지고
고단한 산 길 넘어 백발만 성성하다

득이 될지 손해가 날지
그것은 차치하고
서슴없이 내미는 정강이며 팔뚝들

아들 딸 줄줄이 떠나보내고
이제는 부려도 좋을 홀가분한 삭신들

어젯밤이 근동 할매 제사였나 봐
한상 가득 차려오는 손부의 뺨이
오늘따라 더욱 곱다

눈 오는 날

아주 오랜 아주 옛날에
서당에서 돌아 와
눈 감고 주자십회(朱子十悔)를 외우면
아버지의 큰 손이
민둥 내 머리를 쓸어주셨다

오늘은 무심히도 눈송이 쌓인다
자판을 두드리다 나온 막내가
아버지 아버지 합격을 하였구만요

아버지의 꼭 그만한 가슴으로
오늘은 내가 아들을 쓸고 있다

과잣값

서울 사는 사촌형님이 선산에 왔다
애들에게 주고 간 과잣값 2만 원

미안하고 고마운 우리 내외
저금해라 저금해라

딸아이 한 달 과외비로 200만 원씩 쓴다는 형님!
제 손으로 빚어 먹는 우리 딸
한 달 생활비는 10만 원 내외

콩장에 김치통 들고 버스에 오르면서
아내는 눈시울이 붉었다

그래도 너희는 낫다
애비 아직 얼굴 붉고 좋은 세상 만났으니……

투덜대는 경운기가
젖은 땅을 밀고 간다

담금질

오래 된 묵정 낫 하나 들고
오일 시장 대장간을 찾은 것은
그리 오래 된 일이 아닌데
다짜고짜 불가마로 무쇠 낫을 던지면서
대장장이 하시는 말씀
"쇠는 뭐니 뭐니 해도 담금질을 잘해야"

반자동 풀무질에 벌겋게 상기 된 연장을 세워들고
여름과 겨울 사이로 두어 번 처박더니만
모루 위에 눕혀 놓고 후들기며 하시는 말씀
"연장은 뭐니 뭐니 해도 날이 잘 서야"

불똥이 번쩍번쩍 그라인더에 이빨을 갈면서
"사람도 더러는 되모시를 해야 해"

열기가 오롯이 남은 낫을 받아 숫돌에 갈면서
이 몸도 시퍼렇게 날을 세워
드넓은 초원에 다시 설 순 없을까 하니
된 콧등이 찡하게 울려 왔다

텃밭

쏙닥 쏙닥 쏙 쏙 딱
밤새워 쏙닥새 상사로 앓더니
미조차 가리지 못한 엉덩짝
살짝살짝 내미는 양파 곁에 붙어서
남근을 꺼덕꺼덕 곤지름이 꽃물이다
굵은 파 대궁을 쥐고
감자꽃이 까르르르
이부자리 개키느라 일벌이 조조출근
풋고추 달랑달랑 한 줄로 달려가고
덜 떨어진 모음 자음
꾸벅꾸벅 조을며
모 묘 므 미 개구리

두견새

두견새도 악보가 없나보다
올해도 부르는 노래
그 가사에 그 곡조, 표지만 갈았구나

한 맺힌 저 한 곡을
업보처럼 지고 날며
이 산 저 산 뿌리는 피가
이 한밤을 물들인다

이 밤도 울다 지쳐
멍울 피도 바트면
털이 센 저 새는 뭘 노래 부를까

하늘이 내려본다

울 아버지 평생에 곁에 두고 쓰던 말씀

하늘이 내려 본다! 하늘이 내려다본다!

땅 딛고 산다는 것이 이리도 어렵구나

4부

어떤 오후

어디로 떠날 참인가
고답한 옷소매를 흔들며
빈들에 홀로 나선 나절 늦은 허수아비
긴 다리는 아직도 지층 깊숙이 닿아있는데
사념 너무 먼 이역을 떠돌고 있다

침묵은 방황의 시신이든가
오욕의 세례를 뒤집어 쓴 채
한 시대에 동참해 온 남루의 현자여
허공에 익숙해진 실학(失學)의 선각자여
바람이 꼬드길 때마다
낄낄낄 웃는 품이 자조 또한 심상치 않다

만추

국화꽃도 시들어
두견새 가슴앓이가 수묵화로 잠기는 날
애끓던 상사화
이제사 정이 깊어 회춘으로 오는가

아려오는 어깨를 품 갚기로 주무르며
토방 앞에 나앉은 키 작은 부부

허드레 가을을 실은 방울소리
아득히 사라지고 이제
감감히 눈이 나리면
겨울 속 외로운 오솔길로 갑시다

용호정에 봄이 오면

해 다시 오른 지 일흔세 해
꽃들도 새로이 단장하였거늘
새들도 새 판으로 무도장을 지었거늘

아직도 이 산하에 봄은 만개하지 않았다
누가 그은 살피 줄 한 가닥으로
내 땅을 내 발로 걷지 못하고
내 하늘을 내 날개로 날지 못하는
우리는 연한 풀잎으로 숨죽여 예까지 왔는가

이제야 하늘 못의 청정한 물줄기
백두대간 장엄한 산맥을 타고 내려와
여기 태백의 늑골 가장자리에도
진정한 봄은 만개하리니

우국의 간담을 위무하던 용호정의 시인들이시여
툭 터놓고 매친 가락 섬진 청류에 풀어도 좋을시고
어깨춤 덩실덩실 왕실봉이 뒤뚱거려도 좋을시고

조금만 더 눈 뜨고 계시라
조금만 더 지켜보시다 영산에 태극기 벌떡이는 날
스르르 감으신대도
내 어찌 가지 말라 막아설 수 있겠습니까

용호정에 봄날이 오면 나 또한
맨 지게에 진달래 한 짐 묶어지고
덩실덩실 장강을 건너 저 평원에 닿으리다

산마을

사변 통에 구사일생 혁수 씨는
얼음 든 발등에서 젊음을 구걸하다
햇살 번질대는 어느 해 여름
제초제 한 병으로 생애를 마감하고
손수레 하나 데리고 사는 혼자 남은 동춘댁

가난을 팽개치고
도둑 밤차로 서울로 간 철진이는
공사장 동바리에서 추락사 하고
서울병을 앓다가 돌아온 중년의 과부

자매가 나란히 비탈길에 손수레를 밀고 간다
언니가 밀다가
동생이 밀다가
둘이 함께 밀다가
느티나무 중턱에 앉아 땀을 훔치며
고단한 생애를 인수인계 하는가

건너다 뵈는 밀밭 가에는
무덤이 한 쌍 나란히 앉아
오월의 적막을 속속들이 앓고 있다

달팽이

옥상 옥 단칸방에
사랑을 싣고
오늘도 길을 나선
달팽이 부부

지구촌 어디를 간들
이만한 금슬 또 있을까 보냐

자자손손 대물림 할
이작은 궁전이여

고대광실은 어디다 쓰랴
비 가림 하나면 족한 걸

일소(역우)

한때는 동네서도 손꼽히는 일꾼이었지
울밑 논 서마지기이야 해장거리로 갈아엎고
외 뱀이 예일곱 마지기는 한나절이면 뒤엎었지

경운기에 트랙터 콤바인이 나오면서
졸지에 놀고먹는 신세가 돼버렸다
진종일 어칠비칠 시구 잠이나 자다가
옛일이나 되새김질 하다가
밭두렁 갓 돌림이나 한 바퀴 휘익 둘러주면 되는 일이다

천하에 백수가 되어 빈둥빈둥 놀다가
오늘은 꾀죄죄한 몰골로 우시장에 나와 섰다

한때는 면내에서도 손꼽히는 필사였었지
하루에도 수십 건씩 등본에다 초본에다 출생에 사망신고
누에알 슬듯이 얌전히도 깔았지
타자기에 컴퓨터 복사기가 나오면서 반거충이가 돼버렸다
진종일 신문이나 뒤척이다 부고장이나 써주다가 해를 접는다

오늘은 남원장 헌소 전에
일소 보고 웃는다

훌라후프 돌리는 아이

여덟 살 아이가
훌라후프 돌린다
무지개를 돌린다
우주를 돌린다

귀가 순한 아버지가
훌라후프 돌린다
달팽이 껍질을 내린다
허물을 내린다
나선형 세월을 벗는다

분재의 일기

풀어 주
이 사슬을
본연을 비틀어 맨 비열한 웃음
난기류의 현장으로부터

암울한 터널에서 의외로 핀
몇 봉우리 실소쯤 잊어도 좋으리

스크럼의 양광 속으로
저리는 손가락
쥐엄질하며 떠나고 싶다

무수히 교접하는 광휘에
알몸의 끈끈한 수액을 흘려
한 톨의 생명이나마 남겨야 할
숨결이기에

장날

장날은 학질을 앓았다

녹슨 자물통은 문고리를 물고

시름에 잠기고

찌든 땀으로 테를 두른 아버지의 중절모자는

쇠전으로 나가셨다

학질의 등허리가 시린 여름 한나절

장터에서 흘러나온 손풍금 소리에

집 구렁이 긴 허리가 돌담을 휘어 돌 때

빈 마당을 탄주하던 암탉 한 마리가

아득한 예감으로 목을 길게 뽑는다

낯익은 평안

깨벌레는 깻잎을 갉아먹고
고추벌레는 고춧잎을 뒤져먹고
지렁이는 흙 속에서 하안거에 듭디다요

기럭지만큼 재보다가
몸통만큼 뒹굴다가
비 오시면 토란잎 우산을 쓰고
햇살이 따가우면 양산이라
이름만 바꾸지요

잠자리 떼 중공에서 한철을 무도 할 때
청 깻잎에 찬밥을 싸며
내붙어 숨 쉬는 곳이 천국임을 알겠네요

석주성(石柱城)의 달

함양의 황석산성(黃石山城),
진안의 웅치(熊峙),
운봉의 팔양치(八良峙)와 새 줄을 치고
민족의 혈관을 지킨 구례의 석주성(石柱城)

사백이십 년 전 그 밤에 울던 달이
이천십구 년 백중날 밤에도
핏발 선 눈으로 석주골 휘도는 섬진강에 머리를 감는다

아직도 그 푸른 독기가 소(沼)가 되어 용솟음치는데
지금도 칼을 가는 해적의 후예들
아! 어찌하여 너와 내가 한 지붕 하늘이냐?

이젠 이 여울목이
잔당들이 밟고 갈 섶 다리가 아니다
노하면 벌떡 일어나 이마를 까는 용암의 분출구다

매미

새벽부터 바그바글 끓어대는
저놈은 필시 열물이다

하늘 향해 울부짖는
불붙은 화살이다

이판사판 목숨을 건
최후의 승부사다

여름밤의 코러스

신들이 주관하는 특설 무대
귀들의 입장만 허락 하는 곳
개구리 울음으로 융단을 깔았다
발정한 암소는 곤드라 베이스
밤 마실이 그리운 암캐 꽹과리 치고
조율하는 맹꽁이, 스트립쇼 걸
모기는 소프라노

관중의 눈은 멀었다
대개는 귀마저 먹었지만
신은 밤마다 나에게 초대권을 보낸다
귀만 잘라 간신히 보내지만
귀빈으로 정중히 모시는 초여름 밤 특설 무대

느린 템포로 빠른 템포로
똑바로 지휘봉을 세웠다가
신들의 악단 제1막이 끝나고
배음으로 배음으로 이어지는 흐느낌
밤새가 운다

시인의 집

바람이 돌아들어 풍경하고 노는 집
시인은 어디가고 객만 홀로 조을다
적멸이 턱을 고이고 무인경을 헤맨다

바랑이 걸린 걸 보니 원족은 아닐진대
이름 모를 봄 꿈 데불고 나절이 가누나
행여나 혼자 있음에 서러마라 길손이여

적막은 혼자 두면 폭 삭은 달관이 되고
무언에 사족을 달면 괴변이 되는 법
침묵에 돌을 던져서 이랑을 짓지 마라

먼 산길 타내려 와 입술이 튼 안분의 꽃
산수유 여린 볼에 이마를 대이면
시인은 가고 없어도 내가 문득 시인이다

소록도에서

하운 시인 먼저 와 앉아
발가락이 또 하나 문드러졌다고
희디 흰 웃음으로 지가다비를 벗는다

부끄러울 것도 없는 모가지를 숙이고
황토길 저며 오던 저주의 시인이여
수세미 같은 태양을 보퉁이에 꾸겨 넣고
가도 가도 끝없는 남도 천리를
절다가 절나가 퍼대고 앉은 자리
문둥이끼리 반가웠더냐

천년을 푸르러도 끝나지 않을
반도의 끝자락 한려의 고운 섬에
청정한 영혼의 얼굴
이끼 푸른 시비 앞에
무명의 작은 시인 하늘을 본다

황혼 한 초롱

푹 삶은 메주콩 한 함박
절구에 붓고
황혼 한 초롱 채워 넣고
아내와 번가르며 절구질 한다

저무는 세월이 으깨지는 내음
소 방울 소리 외양간에 영롱하여라

메주를 찧다 말고
옆구리를 집적이니
간지러워 웃는지 무엔가 통하는지
말없이 오가는 미소에
초승달이 기웃댄다

망종

어깨며 허리께며 물먹은 솜인데
망존 근처 제비들은 새벽부터 보채누나
지지고 재지고 지지고 재지고
솔숲을 걷어차는 햇살은 들머리부터 달구는데
멍에집이 근지러운 일소들은 놀고먹기 미안하다
변성기의 햇닭이 목줄기를 꽈 올리며
뽑아내는 일성에
재 밑까지 기어오른 황보리밭으로
까투리 자웅 자웅 은근 슬쩍 내려앉고
헐레 질 똥개 한 쌍이 줄다리는 황톳길에
칠푼이 동네 총각 지겟작대기로 꼬득일 때
저런 놈의 망할 자석
주막집 늙은 주모 부지깽이를 들었다

농부의 바다

오체로 버둥거린 농부의 전장
어느 밤 은한 강이 기울더니
넝쿨째 파도가 되어 출렁거린다

늪지대에 허수아비가 된 가을 농부는
흐늘대는 하체로 하늘을 버티다가
지평선 너머로 가는 목을 내민다

한 무리 날 짐승이 몰려 와
끝 마당을 주재하면서
이것도 살아가는 하나의 방편이라고 기고만장하고

들어앉은 새들에게 전장을 맡기고
검붉은 노을에 막창자를 적시며 어디론가 사라지고 있다

농부는

-2019. 9. 태풍 링링이 지난 후

낙엽 소고

수없이 묻혀진 낙엽을 생각한다
침엽은 침엽대로 활엽은 활엽대로
생긴 대로 거들먹거리다가
눈이 오던 날인가
비가 오던 날이던가, 꽃 피고 새 울던 날이던가
제 집 인양 돌아가 누운 무수한 검불을

간단없는 하늘 아래
움트고 싹이 자라 꽃피고 나비 날고
열매 익어 터트리는
지천으로 폈다지는 무명초 이야기가
풀씨만의 일이랴

지구촌 양지마다 올망졸망 바장이다
어느 틈에 가셨는지
흠치 없는 우리들의 이야기가
낙엽이 남기고 간 뒷담화가 아니랴

홀로 된 밤

사나흘 아내가 비고
홀로 깬 긴긴 밤
독신의 사내가 섬짓하다

내가 없고
이 밤에 아내 홀로 깨인다면
혼자 된 흰 머리가 얼마나 고단하랴

만일이 아니고
예도 아니고
필연코 만나야 할 홀몸인 것을

나른한 네 다리 나란히 놓았다가
함께 떠날 길손도 아닐진대

귀뚜리의 가락이 오작교에 닿았는가
혼자 벗기는 칠석 밤이
느릅나무 껍데긴 양 까지지를 않는다

고로쇠

다압면 금내천변
선잠 깬 고로쇠나무

링거 줄 줄줄이 꽂고
된 피를 빨리고 섰다

나무의 피까지 빨고도 사니 못 사니 한다

백일몽

호형호제 눙치던
고샅길의 얼굴들
가고는 흠처 없이 잘 닦인 하늘이더니
어젯밤 꿈 언덕에는 단체 관광 왔더이다

그 웃음 그 잇속에
달변에 눌변까지
고스란히 담고 와서 하루를 즐겼어라
깨고나 헤아려보니 꿈만 같은 두 길이네

윤사월 밤

앞뒷문 열어두고

곯다 깨인 새벽녘

개구리 어둠을 갈아 별 가루로 고명 논 집

내 삶도 이만큼에서 청명(淸明)했다 할 거나

찻잔에 물 부어두고 먼 데 벗을 그리네

고단한 머리 위에

그 새벽도 부셔지나

티 없이 살자고 했던 그 눈빛이 별이었네

5부

동갑계

무게가 얼마인지
부피는 또 얼마나 되는지
알 수 없는 해와 달을 명치까지 채우고
동갑내기 개띠끼리
면소재지 앞 주막집 갓방을 메운다

혈압과 정력과 뱀탕 이야기로
돌아가는 세상일일랑 바깥 일로 쳐두고
반백이 백발 먼저
괌이나 백두산이나 동남아로 가잔다

가기는 가야지
내년 삼사월
매조지 못한 일이야 헛청 한켠에 밀쳐두고
한차례는 영산 앞에 무릎을 꿇어야지

꿈이래야 어쩌면 곯지 않을까
이 산골 저 등날 캐다가 묻다가
부러지게 아픈 데는 없어도
어딘가 자꾸만 아려오는 친구들

죄 한번 못 짓고 넘어 온 세월
이렇다 저렇다 말은 없어도
꺼먹한 눈으로 말머리를 돌리며
양지쪽 언덕바지에 집 한 칸 있어
그나마 마음 따순 까칠한 손바닥
해지도록 아쉬운 죽마고우여

무강을 아시나요
−촌마을 경로당

눈발이 뻗쳐 나는
샛강머리 빈 밭에 서면
검게 타 발길에 차이는
무강*이 울어요
오장육부 다 빼주고
쪼그라진 껍데기끼리 모여 살며
묻힐 날만 기다리고 있어요
새순 돋아 행여 반가울 날
있다고는 하지만
덤으로 오는 봄을 언약이나 하겠나요
잘리고 뜯긴 꿈을 우물우물 곱씹으며
마지막 푸대접이 서러울 뿐이지요

*싹을 다 뜯기고 난 묵은 뿌리

도라지꽃

청초한 미소이고
누굴 그려 그리도
애타는 손짓인가

메마른 황톳길에
꿈이 맑아 고와라

부끄러운 두 볼을
다박 솔에 감추고

숨 넘기는 쑥국이 울음에
배어날 듯 눈물방울

참빗질한 솔바람 속에
참한 꿈을 묻어 놓고

해설피 무덤가에 꽃대 홀로 슬프다

낙과

잔디밭에 떨어지는 풋감은 아니게
양철지붕에 떨어지는 주먹감처럼
고함이나 한 번 지르고 간다면
허하다는 인생이 그나마 덜 허전할까

기척도 없이 가고 마는
튼실했던 친구들아
허허벌판에 무슨 말목이라도 하나 세웠든가
살피 없는 박토나마 공평하게 배분했는가

꽝꽝 울리던 젊은 그날은 다 어디에 두고
간헐로 들려오는 떨어졌다는 소문들
삭은 홍시를 찍다 사라지는 까치 한 마리

배후에 드리우는 저 저녁노을은 또 누구의 몫이더냐

나비

휘익 날려버린
우윳빛 리본인가 했더니
접시꽃 꽃술에 엎뎌
숨죽여 울고 있네

토라져 가버린
소녀인가 했더니
풀피리 언덕에 올라
술래잡기하였네

은전(銀錢)의 가출(家出)

옷을 갈아입는데
닷 냥 자리 은전 한 잎이
잽싸게 내빼며 하는 말이

"나 이젠 당신하곤 살기가 싫습니다!
조반석죽은 면했다 하나 허구한 날
굽은 허리에 매달려 다니기 정말이지 싫습니다"

그렇기도 하겠구나!
실밥 터진 주머니에 실려 오랜 세월 너무도 조마조마했겠구나,
부디 마른자리로 가 광채 나게 살아라!
흙 범벅이 되지 말고
수십 번째 점 밑에 찍혀도 갑(甲)자 밑에 놀아라

마천루 회전문 바닥에 잠깐을 반짝여도
그것이 꿈이라면 기꺼이 보내주마

발의 예찬

고산에 오르면 등정이 되고
들길을 걸으면 산책이 된다
등짐이 버거우면 바퀴가 되고
홀가분한 날이면 무도가 된다
바다에 나가면 물갈퀴가 되고
광장에 나서면 배격의 투사가 된다

낯선 땅 찾아가면 탐험이 되고
낯익은 곳 돌아들면 귀향이 된다
한 자리 맴도는 것을 정체라 하고

발 뻗고 우는 것은 통곡이 되고
먼 산을 바라보면 종말이 온다
숨 쉬는 날을 도맡아 저 나르고도
얼굴 한 번 내밀지 못한 무명의 공로자여
씨줄과 날줄 사이에 간신히 붙어서
자전과 공전에도 추락하지 않는 것은
처절한 너의 욕망 때문이다

바늘

귀 하나 달랑 들고
세상에 나왔어도
원앙금침을 넘나들며
경천동지 음모인들 엿듣지 못 할 손가

듣고도 말 없으니 무소불위가 되었다
혼자 있으면 어두워지는 세상의 사람들아
입 없이 사는 몸이라 애조차 없을까

참고 참다 툭 부러져
어딘가에 숨었다가
배알이 뒤틀리면 속살을 파고들어
고해성사를 받아내리
이실직고를 받아내리

항아리의 기도

달빛이 귀곡처럼 울고 있습니다
뚜껑 없는 항아리 하나
메어지도록 스산한 밤을 먹었습니다

이제 닫고 싶습니다
작은 이 통 안에 고인
어지러운 별빛만으로도
남은 생애 능히 고뇌할 수 있을 것 같습니다
뚜껑을 내려주옵소서

달빛은 그냥 달빛이게
등으로 받아 멀리 던지고 싶습니다
가슴으론 이제 숨죽인 명암(明暗) 썩히어
깊은 향내로 간직하고 싶습니다

후미진 세월의 뒤뜰에 앉아
흩뜨림 없는 마투리 깊이 띄워
홀연 뚜껑 벗겨지는 날
모금으로도 취하는
한 줄 시가 되고 싶습니다

행운의 열쇠

촌락에도 좀도둑이
성하다는 소문에
행운의 열쇠를 목걸이로 변조했다

팔자에 없는
금 목걸이로 저잣거리를 돌다가

아차!
실수였구나

목을 잃느니 차라리
집에 두고 잃을걸

벌 연구가

나이가 칠십인데
아직도 벌 연구라니

벌은 다 날아가고
벌통만 남았는데

한 번 나간 벌들이
꿀을 물고 돌아올까

벌집을 고쳐서
새 집을 만들면
벌 대신 새들이 와 노래를 불러 줄까

칠십은 아직 노래보다 꿀이 더 중한 때

아무래도 새와 벌은 상극 아닌가
꾀를 내도 꼭 죽을 꾀만 낸다니까

벌 연구가

빈 주막에 앉아

풀길 없는 가난을 지고
눈길로 떠난 사람아

강산이 한 빛깔이니
사는 곳도 청산일터
폐허에도 5월은 궁전을 세워
가난도 어렴풋이 향기롭구나

빈부귀천 허튼살이가
하룻밤 비몽사몽

계절이 무성하여 뒤란에 가득하니
두견이 권주가에 옛 잔을 다시 들고
무너진 봉노 집을 일깨워보자

한로의 계절에 서서

머언 하늘가에 서리가 묻으면
철새도 홀로 날지 않는다

숨 가쁜 어깨를 문지르며
갈망처럼 사라지는 형제자매여
까칠한 손등 비비며 혼자 지키는 시선의 해안
그리메로 찾아오는 사람아!

기러기처럼 밀고 당기며
한 계절을 넘고 싶은데
노을로 타는 연민
어두운 무릎을 끌고 찾아드는 한로의 해거름이
낡은 담요처럼 포개져온다

입동에 오는 비

대충 입이나 좀 훔치고
네댓 달 푹 좀 쉬고 싶은데
때 아닌 빗줄기에 입이나 다물겠나

초봄부터 입때까지 피해 살기 어려웠네
사는 게 사는 게 아니라
피해 다닌 일이었네

닥친 대로 굽고 삶는
다 와 간 세상

먹지도 말고
보지도 말고
이번에 어찌 용케 들어가면
봄이 와도 영영 나오지
않을까보다

우울

검불을 뒤적이는 참새 한 마리
낟알을 쪼아 공복을 채우는 쓸쓸한
재주 하나로
언제나 발가락엔 위기를 끼우고
두리번거리는 작은 머리가
오늘따라 유난히 작다

그 작은 날개로 우주를 흔들어보다
하릴 없이 돌아와 쪼는 땅 위에는
비애만 자욱하다
별빛만으로 찍을 수 없는 알갱이여,
쭉정이에 익숙한 창자를 끌고
어느 처마 끝에 머물러 이 밤도
밤새워 선 꿈을 뒤척이겠지

청한(淸閑)

창밖에는 흰 눈 내려 쌓이고

방 안에는 녹다향(綠茶香)이 그지없어라

오늘따라 집 가(家)자도 소담스레 빠지는데

집 떠난 아이들도 무소식 하니

한지(韓紙)에 배이는 묵수(墨水)가 귀향처럼 안온하다

한 일(一)자 외길 위에

이만한 청한(淸閑)이 또 있겠는가

묵향(墨香)도 그윽하여 청복(淸福)을 알겠네

상가에서

쇠덕석 같은 한 생이 저물었다
가로 질러 가는 길
꺾어 돌아가는 길
모로도 가고 윷으로도 가고 걸로도 가더라마는
도개로 저는 길 멀고도 팍팍 했다
더러는 모밭에서 환호성도 높았다마는
덜미 잡힌 고비 길에서 야유소리 더 아프데
생애에 단 한 번도 승 해본 일 있었던가
덥썩덥썩 꺾여 버려야 승자로 남는 세상
목구멍에 걸린 밥을 꾸역꾸역 토해내며
울지도 못해서 하늘을 쳐다보니
윷판 같은 인생길에 별똥별이 떨려난다

누님

목화이던 누님이 칭칭 나무 숯 검댕이 되어
뙤약볕 홀홀 뛰는 닷새 장에서 보겠네요
모지라진 갈고리 두 손을 잡고
논두렁 밭두렁 굴 두더지 살아 온 길섶을
보겠네요
못 배운 게 뼈로 걸린 남편을 따라
자식 하나 크게 되면 뭘 더 바래,
누룽지 훑어 담아
구시 전에 씹히던 무시지 한토막이 보이네요
부끄럼 없던 그 잇속이 서언히 보이네요
후끈한 땀 내음 두 팔을 벌려
콩깍지 팥깍지 마당귀로 밀치고
납부금 꿰맞춰 손 흔들어 보낸 아들,
나른한 어깨 위에 고른 숨결 흐르더니
용돈 몇 잎 더 못 준 게 체증처럼 아프더니
접시꽃 고운 눈매는 어디로 보냈나요
모란꽃 자잘한 웃음은 어디로 흘렸나요
악머구리 손주 놈 빈 젖을 물리다가
초물 깨 한 되 담고 기름집 앞에서 보겠네요

고장 난 벽시계

하나를 둘이라 고집하고
아침을 저녁이라 주장하며
보무도 당당한 독선이 부럽다

한 치만 어긋나도 일탈이 되고
한 발짝만 처져도 낙오가 되는
예리한 이빨들의 속도전 속에서

부럽지 않은가 저 유유자적이
탐나지 않은가 저 고고한 탈선이

오늘이란 모호한 것
현재는 이미 과거 속으로 깃을 폈다
밤을 낮이라 하고 낮을 밤이라 주장하는
꼿꼿한 저 두 팔이 가상하지 않은가

사탕

다 먹을 만하다

콩 사탕
청매 사탕
박하 사탕
홍삼 사탕

어느 것 하나
사람을 무시하진 않았다
다 사람을 겨냥해 쏜
감미로운 탄환이다

세상은 다 살만하게 만들어졌다
맛이야 각각이지만
빠느냐 깨무느냐 그 차이 뿐이다
와지끈 바수는 것이 성공인줄 알지만
실은 그것도 아니다

요모조모 굴려가며 쪽쪽 빠는 것도
성공의 한 비결이다

오일장

한바탕 가을걷이도 시들해지고
입이 쥐인 사람끼리 만나서
퍼석이는 손바닥으로 악수를 나눈다
경운기 트랙터에 틀이 잡히고
콤바인을 타야만 폼 나는 사람들
오늘은 오일장
노천 집 막걸리 잔에 주름살을 떨군다
물먹은 배춧잎에 비겟점을 올리며
내일도 6시 꼭두 버스가 뜬다는디
어쩔 거야 협상 반대
알곡 타는 연기가 태양을 가리고
농기계는 패잔군처럼 길가에 늘어섰다

이래저래 밟히는 게 농사꾼뿐이다
무엇을 해야만 산 같은 짐을 벗을까보냐
문 열어라 문 열어라 자본주의의 역사들
빗장을 닫아걸고 이길 자 누구인가
쥐인 입술에 핏물을 흘리며
수수 잎처럼 흔드는 손끝에서
10월 하순 닷새 장은 해도 헤프다

연습 중

낙엽 한 장 떨어지면
생의 갈피 한 장 접히느니
어루고 아끼던 꽃가지들
바람에 흩어지고
가을은 또 한 번 손 높이 흔들며
연습은 없어
연습은 없어
외치고 지나 갈 때
빈 손 내려다보며 나
아직은 연습 중이야
연습 중이야
아직은

하얀 소식

녹슨 편지함 위에

밤새 하얀 소식이 수북하다

너무 실망하지 말라고

아직은 천국 그렇게 더럽혀지지 않았다고

반가워 덥석 훔켜 쥔 편지

냉엄한 힐책이 적혀있을 줄이야

너희들 정말 왜 이러느냐

너희들 정말 왜 이러느냐

마음의 연못

동그랗게 팔짱 낀
마을 앞 작은 연못
비 오고 바람 부는 시끄러운 날에도
저만치 나가 앉아 묵언을 익히는데
수심(水深) 없는 내 마음
새 우는 소리에 바닥이 마치고
가랑잎 재껴지는 소리에도 뒤척인다네
작은 가슴 말갛게 내놓고
조각구름을 띄우는
마을 앞 작은 연못
그곳에 내가 앉아
물결무늬 띄울까

오월도 지나가고

철도 요만해야
철이라 하지

병풍바위도
청산 아래 내려 눕는 날

심심파적으로
울어 에는 뻐꾸기 소리

세월도 요만해야
강이라 하지

꽃상여 하나쯤
눈 깜박이로 삼켜버리는

녹음도 요만해야
요요라 하지

뿔

하늘의 뿔이 천둥 번개라면
땅의 뿔은 지진이다
우지직 부지르는 기개가 낙낙 장송의 뿔이라면
파 신으로 빗발치는 폭포는 물의 뿔이다
투창으로 꽂히는 창공의 수직
그것이 독수리의 뿔이라면
꼬리로 대궁을 치는 길섶의 안달이
지렁이의 뿔이다
기나긴 삼동을 넘어 와
구근 속에 도사린 샛노란 움
그것은 그것은 나의 뿔이다

적수공권

금세 깨어질 모색인 것을
별빛만큼이나 쥐었다 폈다
어디 미움 한 번 줴박아 보았느냐
거머쥔 획책이라 하지만
오늘도 손아귀엔 창백한 무능
잡히는 것은
빈 짐으로 돌아가는 그림자
뿐이다

풀씨

풀씨도 가을이면
헤진 내 옷소매를 붙잡고
어디론가 떠나자고 보챈다

하늘이 일어서면
이 몸도 어디론가 가고 싶은 사람

내릴 곳이 못 미더워
걸터앉은 세월이 귀먹었는데
옷소매를 훔켜잡는 도꼬마리야
이젠 나도 어쩔 수가 없구나

엉겅퀴 욱어진 둔덕에
또 한 차례 봄을 심자
나도 너와 같이 이 바닥에 발을 묻지 않았느냐

장지에서

"탈복을 해버리자" 엄니 눈 퍼석하다
"아닙니다 그럴 수야" 맏이 눈이 히뜩하다
긴 병에 효자가 없고 열녀 또한 흔하더냐

반 되에도 부치는 살고 남은 재 한 줌
바람에 날릴세라 백자 항아리에 안았다
"어 가서 돈 벌어야 한다" 사는 놈은 살아야 한께

해설

___

숙명으로 시를 만나는
시인의 음성

−김사달의 시집 『강촌의 사계』

채수영(시인, 문학비평가, 문학박사)

숙명으로 시를 만나는 시인의 음성
―김사달의 시집『강촌의 사계』

채수영(시인, 문학비평가, 문학박사)

1. 시는 자연이다

시는 인간의 소산이 아니다. 그러나 시는 인간이 쓴다. 왜냐하면, 문학의 창조는 곧 자연의 재현이라는 말이 성립되기 때문에 우주 삼라만상이 곧 시적 대상이면서 창조의 근거를 제공하는 점에서 시는 항상 자연 속에서 호흡하고 인간과 더불어 존재를 키운다.

자연에서 태어나 자연으로 돌아가는 길에 시를 만나는 것은 인간의 행운일 것이다. 왜냐하면, 시는 곧 자연의 일부이고 이를 재료로 인간이 만드는 창조의 이름일 때 신의 다음 영역을 차지하는 행운이라는 뜻이다.

아무튼, 시는 자연의 재료를 가지고 맛을 창조하는 시인의 임무가 빛을 낸다. 이제 김사달의 정신 추이를 그의 작품 속에서 어떻게 용해되고 어떤 지향(志向)의 공간을 차지하는가를 살피는 길로 들어간다.

시가 무엇이기에 어린 소년에게 그토록 일찍이도 찾아와 고희를 넘긴 이 시간까지 나를 울리고 웃기기를 수 없이 반복하는지 알 수가 없다. 아무래도 그건 시가 갖는 비애의 속성과 내게 주어진 숙명적 우울이 제대로 궁합이 맞아 이토록 끈질기게 나와 함께 해로하는 것이 아닌가 싶다.
살아오며 보고 듣고 느낀 것이 다 시를 거쳐서 내게로 오는 것 같았다.

–〈시인의 말〉 중에서

혼연일체라는 말이 있다. 대상과 하나가 된다는 것은 조화일 수도 있고 육신과 정신이 한 덩어리로 변화를 갖는 것은 그 지휘탑은 정신이라는 고갱이에서 시작된다. 시는 정신이라는 판단은 아마도 정확한 지적일 것이다. 정신이 없는 시는 이미 너덜거리는 넝마쪽에 불과하고 감동을 가질 수 없기 때문이다. 소년 시절에서부터 나이 70을 넘긴 지금까지 시라는 정신의 줄기와 동고동락한 시인의 태도는 삶 자체가 시적일 것이라는 유추가 가능하다.
여기에는 두 가지의 견해가 설득된다. 즉, 시가 갖는 '비애의 속성'과 시인의 '우울적 속성'이 궁합을 이룬 결과라 말하는 의도에는 결국 삶 자체가 시로 시작하고 시로 마무리를 삼는 태도로 보인다.

김사달의 시를 전부 통독하면 첫째는 언어 사용이 매우 유연하다는 점이다. 매듭이 없는 천의무봉의 언어조직이 매우 부드럽고 야들한 느낌을 갖고 있을 뿐만 아니라 조사와 어미의 처리가 치밀한 데서 오는 결과로 생각된다. 이는 앞에서 말했듯 어린 시절부터 시에 대한 훈습(熏習)이 낳은 성과로 칠 것이다.

두 번째는 재치가 있는 시어의 결합이다. 설익은 언어를 가지로 시를 쓰는 경우 자갈밭의 소리가 대부분인 한국 시단에서 매우 소중한 소산일 수 있다. 재치는 재미와 감동이 되고 또 시인의 뇌리에 간직된 에스프리가 사물에 대한 눈을 밝게 바라보는 안목으로 칠 수 있을 것이다. 세 번째는 언어 사용의 긴축미를 들 수 있다. 이는 절제된 언어의 탄력을 전제로 가능한 표현이다. 너덜거리는 언어가 휘날리는 것이 아니라 간결하면서도 함축미를 갖출 때 거기서 나오는 시적 특성이기 때문에 김사달만의 시적 성과로 치부할 수 있다는 점이다.

네 번째는 사물을 바라보는 시야의 확보가 넓다는 정리이다. 이는 바라보는 사물의 모든 것들이 시적 수용으로 정리되는 시인의 뇌수에 정치(精緻)성으로 돌릴 부분이다. 이런 기저(基底) 위에서 김사달의 시는 표정을 관리한다.

2. 운명적 결합

1) 시와 동행
수없이 많은 시인들이 날마다 시를 토해낸다. 그러나 시와 같은 시는 없고 시와 산문의 구분이 모호한 표정들이 시라는 간판을 내걸고 띠뚝거리는 형편이 한국 시단의 문제이다. 정작 시 같은 시는 숨죽이는 아웃사이더의 처지가 오늘의 시단이다. 이는 시에 대한 정확한 인지능력이 없이 언어 나열에 불과한 소산일 것이다.

　시는 곧 자신이고 자신만큼 표현하는 철학이다. 삶의 원숙성이 담겨야 하고 언어의 운용에 능숙할 때 그가 쓰는 시는 참된 감동의 전달을 다 할 수 있다는 전제—김사달의 시관은 느낌이 이렇게 출발한다. 인용으로 논지를 전개한다.

　고추 따다 토란대 치다 후유 눕는 날더러
　시로는 밥 없으니 콩 벌이가 우위란다

　가장인 주제에 백수란 말은 싫어서
　따른 듯 끌려간 듯 흙과 산 지 십여 년에

　아직도 밭고랑엔 시가 먼저 살아서고
　논두렁에 올라서면 굽은 학이 미당(未堂)을 닮았다

　천상에 밥과 시는 한 상 차림이 아니지만
　이제 와 어쩌나
　정강이에 피가 나도 함께 가는 수밖에

　—〈가을 일기〉

아내와 토닥거리는 정경이 떠오른다. 시와 밥의 상관은 이미 소용이 끝난 말이다. 시로서 밥이 되는 변화는 있을 수 없는- 재화의 가치로 보면 시는 아무런 상관이 없는 이름이다. 이럴 때 시를 버리고 고춧대나 털고, 장사를 한다 해도, 숙명으로 따라오는 시의 이름을 결코 떨칠 수 없는 그림자를 끌고 순종하는 수밖에 달리 도리가 없는 일이다. 여기서 시는 '정강이에 피가 나도 함께 가는 수밖에'라는 아름다운 체념에 숙연해진다.

앞에서 시는 정신이라 했다. 올곧은 정신에서 시는 또렷하게 표정을 관리하고 논리적인 감동을 불러오는 길이 열리기 때문에 시와 숙명의 관계망은 곧 시인의 확고한 신념과 정신의 결합일 때, 그가 쓰는 시는 밝은 표정으로 살아난다. 설사 시와는 대척점에 있는 아내에게 핀잔을 받더라도 꺾이지 않는 태도에서 시는 오히려 격려의 박수를 준비한다는 증거이다.

나의 시는 오늘도
아내의 손끝에서 명멸한다

선별의 저 날렵한 손끝에서
과감히 구분되는 존재의 허와 실
그 앞에서 나의 시는 몽상이 되고 만다

창밖에는 또 한 차례 눈이 쌓이고
백열등 방 안에서는
한해의 경중을 심판하는
아내의 손놀림이 쌓이는 눈만큼이나 신중하다

쭉정이는 쭉정이대로 알곡은 알곡대로 즉결 되는데
엉거주춤 나의 시는 오늘도 미결이다

-〈입지〉

시는 필요와 불필요의 이름이 아니다. 여기엔 절대정신의 알
갱이를 가질 때, 시는 시로써 살아난다. 익살의 표현이지만 아
내 또한 시에 격려를 보내는 것을 숨기는 표현의 이면이 자조
적인 풍경화로 다가든다. 문맥의 깊이는 그런 맛을 간직하는
것은 결국 시적 호기심을 발동하는 방법론의 재능이다. 상상이
지만 김사달은 훤칠한 키는 아닐 것 같고 또 둔중한 무게의 체
형도 아닐 것 같다. 또한, 모험 없이 평탄하게 살아온 삶(빛나가
는 서투른 상상일 수있다)- 순박하고 정직으로 아내와 오순도순
살아온 길이 그렇게 연상된다.

아내의 의견을 따라가고 그러면서 자기의 신념의 시를 지키
는 성주(城主)로의 임무를 다한 느낌이다. 또한, 시와 아내가 동
등한 이미지를 구사하는 것으로 볼 때 따스한 가정의 가장이라
는 인상도 상상의 길을 시에서 느끼게 한다.

2) 삶의 맛 구분하기

생활은 영원한 그림자이다. 떠날 수도 없고 또 버릴 수도 없
는 삶의 이름은 항상 긴장의 끈을 붙잡고 살아야 하는 하루하
루가 전쟁터의 포연(砲煙)일 것이다. 그러나 어떤 사람은 느긋
하게 즐기는가 하면 더러는 초조로 몰아가는 일이 상반된 정경

으로 나타난다. 이는 생활의 태도로 귀결된다.

　사람은 살면서 문제를 만들고 살아가면서 해답을 찾는 존
재– 이 길을 거의 끝이 없이 전개되는 미지(未知)의 길이다. 누
구도 해답을 알려주지 않고 또 미리 알고 갈 수도 없는 그런 문
제를 풀어나가는 존재가 인간의 일상이다. 모든 시인 또한 그
길에서 장삼이사(張三李四)의 일들과 번갈아 마주칠 때 자기만
의 방법을 선택하는 개성이 있어야 한다.

　삶에는 법칙이 없고 오로지 도전에 따른 길 만들기가 고작이
라면 재미는 여기서 나온다.

　　높은 곳을 내려서
　　낮은 곳을 채우는 것이
　　공평하게 살아가는 방책이지만
　　제 살을 깎지 않고
　　채울 수 있는 없는가
　　저변이 일어서야 수평이 맞을 텐데
　　원체가 기운 땅은 대책이 없다

　　높은 곳에 기대서서
　　퇴적물이나 받아먹고
　　망초 꽃 한 송이도 피우지 못한 채
　　안으로 안으로 미어지는 가슴이라니

　　천성이 약골이라 느는 것이 눈치뿐이라
　　한 번은 성토(盛土)하리라 읊조리는데
　　오호라 때는 이때다

탕평의 트랙터여

세상은 이래야 살맛이 난다
저마다 제 꽃 피워 열매를 거둬야지

―〈무논 고르기〉

공평이란 무엇일까? 나에게 혹은 모두에게라는 구분이 애매
모호한 말이다. 그러나 기울어진 운동장일 경우 공평이라는 말
은 해당이 안 된다. 왜냐하면, 평평한 공간에 서 있는 사람과
기울어진 공간은 차별의 의미이기 때문이다. 그러나 기울어진
정도가 대책이 없다는 절망에서도 희망을 건져 올리는 것이 시
인의 임무이다. 다시 말해서 시인은 위난(危難)의 역사 앞에서
는 희망을 노래하고―이육사처럼― 평화로울 때는 장식의 아름
다움을 노래하는 임무가 본질이기 때문이다. '미어지는 가슴'의
불공평을 일거에 해소하는 '탕평의 트랙터여'에 이르면 우공이
산(愚公移山)이 순식간에 이루어지는 것이 오늘날의 형편이다.
작은 산 하나쯤은 중장비 하나면 거든히 고르게 평지를 만들
수 있는 변화는 현대 문명의 증거이기 때문이다. 그러나 살아
가는 데는 중장비로도 평평하게 고를 수 없는 일이 일상이다.
부자와 가난이라는 기울어짐도 그렇고 신분의 차이 혹은 학벌
의 차이 등은 지난(至難)한 해답이 기다리는 인간사의 문제이기
때문이다.
  삶에는 맛이 있다. 단맛과 쓴맛의 차이는 결국 미각의 문제이
지만 일상에서는 삶의 고통지수와 맞먹은 이름이기 때문이다

다 먹을 만하다

콩 사탕
청매 사탕
박하 사탕
홍삼 사탕

어느 것 하나
사람을 무시하진 않았다
다 사람을 겨냥해 쏜
감미로운 탄환이다

세상은 다 살만하게 만들어졌다
맛이야 각각이지만
빠느냐 깨무느냐 그 차이 뿐이다
와지끈 바수는 것이 성공인줄 알지만
실은 그것도 아니다

요모조모 굴려가며 쪽쪽 빠는 것도
성공의 한 비결이다

－〈사탕〉

어떻게 살아야 하는가는 서글픈 명제이다. 왜냐하면, 해답이
없기 때문에 미지의 답안을 찾아야 하는 어둠의 길임을 인간은
알기 때문이다. 사탕을 먹는 데도 여러 가지 방법이 있듯이 살

아가는 길을 여기에 대입하면 사람마다 다른 맛으로 음미하는 차이가 있기 때문이다.

성격이 급한 사람은 '와지끈 깨물어' 박살로 맛을 알고, 더러는 '쪽쪽 빠는' 방법으로도 사탕의 맛을 알 수 있기 때문이다. 사실 어느 것이 정답이다 라고 단정할 수는 없다. 그러나 김사달 시인은 '성공의 한 비결'이다라는 데서 천천히 '음미'쪽에 방점을 두는 느긋한 성격의 시인으로 생각된다.

3) 변화의 수용

시대는 항상 떠나가는 파도와 같다. 머물러 있는 것이 아니라 시시각각으로 변화하고 변천한다. 만물유전(萬物流轉)의 법칙이 예외가 없다. 그러나 인연의 줄기를 남기고 오늘에서 내일로 넘어가는 길에 어제는 다시 오늘을 낳았고 오늘은 내일을 위해 길을 넓히는 공사는 언제나 끝이 없다.

인간의 마음은 항상 고정된 것을 원하고 또 변화를 쉽게 수용하지 않으려는 사고가 굳은 줄기를 형성하고 살아간다. 고향을 떠나서 얼마 뒤에 돌아가면 실망의 그물에 정신줄이 흔들리는 일은 변함없는 것을 원하는 마음의 일단일 때, 서글픈 마음이 파도를 탄다. 결국, 문명의 발전이란 변화와 변천이 중심을 이루는 말일 때, 인간의 역할도 달라지는 것은 자명한 일이다.

한때는 동네서도 손꼽히는 일꾼이었지
울밑 논 서마지기이야 해장거리로 갈아엎고
외 뱀이 예일곱 마지기는 한나절이면 뒤엎었지

경운기에 트랙터 콤바인이 나오면서
졸지에 놀고먹는 신세가 돼버렸다
진종일 어칠비칠 시구 잠이나 자다가
옛일이나 되새김질 하다가
밭두렁 갓 돌림이나 한 바퀴 휘익 둘러주면 되는 일이다

(중략)

오늘은 남원장 헌소 전에
일소 보고 웃는다

-〈일소〉에서

　한때는 잘나가던 직업이 순식간에 사라지고 새로운 직업이
등장하다. 이럴 때 전자는 백수가 되고 후자는 빛나는 영역의
주인공이 될 때-인간사의 변화에 재미일 수도 있다. 왜냐하면,
시대의 변화를 읽을 줄 알면 성공의 모범이 되는 사례이기 때문
이다. 그러나 탈락자의 처지에서 보면 서글픈 패배자의 탄식이
당연한 일이다. 현대는 그런 변화의 사이클이 현란하게 변화한
다. 나노의 쪼갬이 당연한 일이라면 현대 문명의 추이는 앞으로
더욱 가속으로 진전할 것이다. 이런 진원은 컴퓨터의 출현 이전
과 이후의 문명의 차이가 다르다. 1976년 개인용 PC의 등장은
필기구의 변화는 세상을 하나로 묶는 띠 역할을 했기 때문이
다. 〈일소〉의 상징은 바로 노동의 시대의 총아라면 '옛일이나'
돌아보는 추억 꾼에 불과하다는 낙오의 경우에 시인은 '웃는다'

라는 말로 문명의 변화– 이면에 강조를 숨기고 있다.

돌구멍에 손만 들어가면
바둥 바둥 참게를 잡아내던 쌍암이 내 친구
나락 밭에 참새 떼가 휘몰리면
동구머리 주막집에 애호박 서 건 참게 꿰미 추겨들고
암소처럼 웃고 서더니
울산인가 옥포라든가
조선소 밥집에 식품배달 한다면서
가을이 숙어지면 친정인양 돌아 와 실개천을 따르더니
쌍암아 내 친구야
이제는 그마저 틀린 것 같다
오늘은 수해 진 하천 벽을 복구하는 날
구멍이란 구멍은 콩쿠리로 틀어막고
물새 놀던 돌 머리 마다 포클레인이 대노한다
허리 꼬던 미꾸리 한 마리 실수가 없고
꼬나보던 물총새 한 마리 날지를 않는다
쌍암아 내 친구야!
이제는 네가 와도 손 한번 써 볼 구멍이 없구나

–〈쌍암이〉에서

인간의 노동은 점차 기계로 전환할 때 –일찍이 산업혁명의
교훈은 여전히 진행형이다. 수많은 인간이 필요한 노동은 이제
로봇이 대신하는 시대로 진입했기 때문이다. 심지어 2017년
AI 종교가 미국에서 등장한 것도 이처럼 당면한 추세– 인간의

영역이 점차 사라지는 것을 의미한다. 아마도 로봇이 설교를 하면 어떤 목사보다도 더 잘할 것이다. 왜냐하면, 축적된 자료가 인간이 생각할 수 없는 경지를 로봇을 담고 있기 때문이다.

그렇다면 인간은 절망할 것인가? 손으로 참게를 잘 잡던 친구 쌍암의 역할을 대신하는 길이 사라진 아쉬움에 시인은 '네가 와도 손 한번 써 볼 구멍이 없구나'의 탄식은 돌아갈 수 없는 되돌림의 방도가 사라진 것을 알아차린 시인의 아쉬움을 나타낸 말이다.

직업은 새로운 직업을 파생한다는 희망이 나타나기 때문에 절망은 잠시이고 새로운 길이 열리는 데서 인간의 역할은 점차 확대될 수 있기 때문이다. 즉, 새로운 아이템은 다시 새로운 아이템을 필요로 하는 법칙이 적용되는 것이 인간사의 특성이기 때문이다. 이것이 문화 진전의 양상이 희망을 주는 이유일 것이다.

4) 허무와 헌신의 자취 찾기

산자는 허무를 알아차리는 점에서 인간의 위대성이 드러난다. 왜냐하면, 종착이라는 마지막을 상정(想定)하고 대비하는 데서 자아를 깨닫기 때문이다. 공자가 온갖 신산(辛酸)한 아픔을 겪고 난 후에 천상(川上)의 탄식(歎息)-'흘러가는 물도 저와 같고녀!'라는 말은 허무의 되돌아봄이었다면, 예수도 그런 허무를 말로 표현했으니 이 의미를 뒤집으면 허무는 현실을 받아들이는 인간 지혜의 소산일 것이다. 종점을 알면 시작을 알기 때문이다.

하이데거의 니힐리즘은 무(無)의 본질을 의미한다. 다시 말해서 존재하는 것의 전체가 무라는 것을 의미한다고 〈삼림(森林)의 길〉에서 강조하고 있다. 또한, 니체도 '니힐리즘이란 최고의 여러 가치가 보잘것없이 되어버리는 것, 목표라는 것이 없어져 버리는 것! 왜라고 하는 물음에 대답이 없는 것.'〈권력에의 의지〉에서 니힐의 본질에 대한 말들의 요지는 무(無)로 돌아가는 이미지가 나타난다. 여기서 허무는 무의 본질과 등가(等價)를 이룬다.

시든 배추포기 하나를 들고
미장원 문을 밀치든 할머니가
천만 원짜리 통장 하나를 남기고
밤사이 먼 길 가셨다

손톱 밑이 벌어져 핏물이 흘러도
발바닥이 갈라져 너덜이 되어도
로션 한 병 못 사던 여인
콩야 팥이야 봉지 봉지 꾸려서
참깨야 들깨야 올망졸망 묶어서
둘 죽고 팔남매 고루고루 보내 놓고
마루 귀에 앉아서 고양이 밥을 먹던 과수댁

－〈호상〉에서

죽음은 이별이고 그 이별은 다시 만날 수 없는 먼 길을 의미한다. 나이가 들었거나 할 일을 다 하고 죽은 의미를 호상이라 말하면 그 죽음에 슬픔이 없다는 의미에 가깝다. 그러나 미장원에 '배추 한 포기' 들고 가는 의미는 절약의 이미지라면 −통장에 천만 원의 저축은 무슨 의미가 될 것인가? 모든 것을 자식을 위해 헌신하고 '마루 귀에 앉아서 고양이 밥을 먹던 과수댁'은 처절한 사념의 길이 슬프다. 누구를 위해 살았고 누구를 위해 저축했고 또 당사자 본인은 무엇인가? 물음이 암담할 때 대답은 먼 길을 배회하고 있다.

　허무일 뿐이다. 이 큰 허무는 생의 가치를 일거에 무로 돌리는 슬픔의 인간 모습이 드러난다. 우리네 어머니들은 이런 과정을 겪으면서 자식만을 위한 희생의 길에 만족하고 돌아간다. 그야말로 죽는 게 좋은 호상(護喪)차지이다

　　　콩깍지 팥깍지 마당귀로 밀치고
　　　납부금 꿰맞춰 손 흔들어 보낸 아들,
　　　나른한 어깨 위에 고른 숨결 흐르더니
　　　용돈 몇 잎 더 못 준 게 체증처럼 아프더니
　　　접시꽃 고운 눈매는 어디로 보냈나요
　　　모란꽃 자잘한 웃음은 어디로 흘렸나요
　　　악머구리 손주 놈 빈 젖을 물리다가
　　　초물 깨 한 되 담고 기름집 앞에서 보겠네요

　　　−⟨누님⟩에서

　희생을 담보로 자식을 위한 누님의 모습이 오버 랩 된다. '접시꽃 고운 눈매는 어디로 보냈나요'에 담겨 진 헌신의 눈자위

가 붉어진다. '빈젖 물린 손주 놈' '체증'처럼 아픈 것들이 누님의 마음이고 곧 시인 자신의 마음이 의탁된 정서가 얼비친다.

인간이 사는 일은 슬픔이 기쁨보다 더 많은 함량이 들어있고 비극이 희극보다 더 많은 빈도로 나타난다면 이를 극복하고 살아가는 일이 곧 허무를 넘어서는 일이고 생의 지평을 넓히는 일이라 절망은 희망을 낳은 어머니라는 말이 진실이 된다.

5) 시골 정취

김사달의 시는 질척거리지 않고 산뜻하다. 장마 뒤 끝의 끼무룩한 날씨가 아니라 초가을 청명한 인상의 시를 창조하는 시인이다. 그가 살고 있는 전원의 정서가 잘 녹아있고 또 맛깔스런 곰삭임이 입맛을 자극하되 엇되지 않고 순박하다. 이를 인품의 소산으로 돌리면 너무 앞서는 판단일지 모른다. 그러나 시적 정취는 인상을 결정하고 있음을 부인할 수는 없다.

고추벌레는 고춧잎을 뒤져먹고
지렁이는 흙속에서 하안거에 듭디다요

기럭지만큼 재보다가
몸통만큼 뒹굴다가
비 오시면 토란잎 우산을 쓰고
햇살이 따가우면 양산이라
이름만 바꾸지요

잠자리 떼 중공에서 한철을 무도 할 때

청 깻잎에 찬밥을 싸며
내붙어 숨 쉬는 곳이 천국임을 알겠네요

－〈낯익은 평안〉

우선 읽어서 평안하다. 시는 그런 풍경을 그림으로 그리는
언어 예술이다. 억지와 우격다짐이 대부분인 언어폭력이 난무
하는 시단에 조용하고 아늑한 시의 풍요로움이 다가든다. 작은
시골의 정취이면서 시인의 마음이 고스란히 담겨진 인상을 준
다. 순리로 넘어가는 길은 아름답다면 김사달의 시는 그런 상
징을 주로 담는다. 다음 시 〈여름밤의 코러스〉도 같은 이미지
가 담겨졌다. 이는 시인의 성정(性情)을 뜻하는 즐거움이다.

신들이 주관하는 특설 무대
귀들의 입장만 허락 하는 곳
개구리 울음으로 융단을 깔았다
발정한 암소는 곤드라 베이스
밤 마실이 그리운 암캐 꽹과리 치고
조율하는 맹꽁이, 스트립쇼 걸
모기는 소프라노

－〈여름밤의 코러스〉에서

밤의 농촌 풍경이 그려진다. 담담하고 서먹함이 없는 어딘가
친근하기에 가깝다는 느낌을 준다. 이런 인상은 어떻게 나올

수 있을까? 시인이 경험의 요소가 녹아서 언어로 그림을 그리는 붓끝에서 나올 수 있는 상상의 여백이다. 그야말로 농촌에서 느낄 수 있는 코러스이자 장엄한 우주의 일부분을 옮긴 결과물이 아늑하다. 농촌에 산다고 똑같은 그림을 그리는 것은 아니다. 상상과 체험이 또는 성품이 결합하여 결과물을 만드는 것이 정답일 것이다.

6) 재치의 그림 그리기

시는 문학의 바탕이기 때문에 모든 요소를 포괄한다. 〈천자문〉에 첫 구절 천지현황을 주흥사가 어찌 알았을까? 다시 말해서 천은 어둡고 땅은 누렇다는 말에서 하늘이 어둡다는 말은 우주의 원리를 증명한 말이다. 우주에는 빛이 없으면 어둠의 공간이다. 이처럼 시는 예지의 산물이다. 그 때문에 시인은 평범한 것을 독특함으로 바라보는 시각의 특이성이 있다. 그런 연습이 시적 내용을 이룰 때 평범을 거부한다. 〈황혼 한 초롱〉이나 〈텃밭〉, 〈중천〉을 읽으면 시적 에스프리가 웃음을 전달한다.

요즘 까마귀는 희작질로 운다
운명의 날을 미리 알고
곡비처럼 울어주던 검은 제복의 새가
오늘은 건성건성 시늉만 내고 간다

생명을 휴지처럼 구겨버리고
붉은 피를 징검징검 밟아가는
아! 시대의 혹한기여

애! 인정의 결빙기여

여기 하늘을 날며
무엇을 예감하랴
누구를 애도하랴

꺄욱 꺄욱 꺄욱
무뎌진 육감 하나로 중천을 날며
마지못해 울고 간다
반 거지로 울고 간다

―〈중천〉

　까마귀의 울음에서 '희작질'을 발견하는 뜻이 반갑다. 왜냐하면, 무심결에 지나치는 일이 시로 살아가는 에스프리이기 때문이다. 누천년 전부터 까마귀는 까마귀로 울었지만 새롭게 바라보는 청각의 예민성이 시화(詩化)의 길을 만들었기 때문이다.

　시인은 보편성을 특이성으로 바라보고 특이성을 보편적으로 응시하는 눈과 귀―오감을 가질 때 그가 창작하는 시는 시로써 존재할 수 있다. 우리 시단에 똑같은 까마귀 울음이 번다함을 대입하면 '건성건성'이나 '징검징검' '반거지로 울고간다'에서 꺄욱 꺄욱을 짓밟아 시원한 시의 맛을 선사한다. 김사달의 시적 에스프리가 재미를 더하는 요소가 시적 재미로 이어진다.

3. 마무리에서– 상쾌함과 이미지 구축술

시는 시인의 정서를 이미지로 구축하는 방법의 예술이다. 그
가 살고 있는 지역적인 향토색이나 시인이 체득한 상상의 그물
을 어떤 방법으로 또 어떻게 전개하는 가는 시인의 재능으로 귀
속한다. 김사달의 시는 언어의 맛이 까다롭지 않고 담백하면서
돌아보아 먹고 싶은 우리네 토장 맛을 담고 있고, 언어의 탄력
에서 나오는 응축의 묘미는 이미지 구축에서 성공을 거두고 있
다. 질펀한 언어의 홍수에서 깔끔하고 청명한 하늘을 바라보는
시야의 시원함을 연상하는 가을의 상쾌함이 드높은 시인이다.

강촌의 사계

김사달 지음

발 행 처 · 도서출판 청어
발 행 인 · 이영철
영　　업 · 이동호
홍　　보 · 천성래
기　　획 · 남기환
편　　집 · 방세화
디 자 인 · 이수빈 | 김영은
제작이사 · 공병한
인　　쇄 · 두리터

등　　록 · 1999년 5월 3일
(제1999-000063호)

1판 1쇄 발행 · 2020년 11월 10일

주소 · 서울특별시 서초구 남부순환로 364길 8-15 동일빌딩 2층
대표전화 · 02-586-0477
팩시밀리 · 0303-0942-0478

홈페이지 · www.chungeobook.com
E-mail · ppi20@hanmail.net
ISBN · 979-11-5860-904-7(03810)

이 도서의 국립중앙도서관 출판시도서목록(CIP)은 서지정보유통지원시스템 홈페이지
(http://seoji.nl.go.kr)와 국가자료공동목록시스템(http://www.nl.go.kr/kolisnet)
에서 이용하실 수 있습니다.(CIP제어번호: CIP2020043924)